SV

Es ist Sommer. Die Dichterin hält Mittagstisch am Platz neben dem Klavier, ihr Mäzen spielt Tennis, siebzehn Flugstunden weit weg, der Besitzer des französischen Restaurants bedient sie stets selbst. Die Oliven sind schwarz, fest und scharf. Dieser lustvolle Weltbezug steht im Gegensatz zu einer Existenz der Askese, zu der niemand Zutritt hat. Beide Lebensplätze – Tisch und Klause – befinden sich im rückwärtigen Viertel, jenem Stadtviertel, von dem es vor dreißig Jahren hieß: *Die Russen sind fort.* So wie die Dichterin hier Erinnerungs- und Zukunftspartikel einsammelt, bis es zu einer plötzlichen Partikelverdichtung kommt, so abrupt durchfährt sie eines Nachts ein unbekannter Strom, als sollte sie unter hohem Druck aus ihrem Körper vertrieben werden. Es ist an der Zeit, ihre Siebensachen zu packen.

Angela Krauß entfaltet in ihrem neuen Prosakunststück eine poetische Existenz in der Spannung dieser Zeit, eine beflügelnde Gleichgewichtsübung voller Witz und Zauber, Geist und Seele.

Angela Krauß lebt in Leipzig. Sie veröffentlicht seit 1984 Romane, Erzählungen und Gedichte, für die sie vielfach ausgezeichnet wurde. Zuletzt erschien *Eine Wiege*, Suhrkamp Verlag 2015.

Angela Krauß
Der Strom

Suhrkamp

Erste Auflage 2019

Druck: Pustet, Regensburg
Printed in Germany
ISBN 978-3-518-42867-2

Der Strom

Eins

Es ist Sommer. Mein Mäzen spielt Tennis.
Ich halte Mittagstisch am Platz neben dem Klavier: la table de la poétesse. Die Oliven sind schwarz, fest und scharf. In La Jolla lebt mein Mäzen, Verehrer der Poesie, siebzehn Flugstunden weit weg. Ich suche die Essenz des Daseins, mehr muß er nicht von mir wissen. Er hat einen guten Aufschlag, mehr muß ich nicht von ihm wissen.

Das sind die Bedingungen. Wer jetzt zur Tür dieses kleinen, gediegenen Restaurants (drei Michelin-Sterne) hereintritt – ich hätte ihn im Blick aus der Tiefe des Raums, er mich ebenfalls –, mag auf diese Strenge nicht gefaßt sein. Ich wirke weicher, liebenswürdiger, als denke ich ans Küssen. Das ist Tarnung. Etliche frühere Leben habe ich in Höhlen verbracht. Das Licht war schwach, der Himmel fern, mein Körper zäh. Es ist an der Zeit, die Askese zu brechen. Auch wenn sie mir im Blut liegt, ich will sie bändigen. Ich bestelle fünf Gänge und dies jede Woche. Solange die Erde ihre Bahn nicht verläßt.

Vor dreißig Jahren faßte ich mit zwei Fingern den Zipfel der Tapete unter meiner Zimmerdecke und riß sie herunter, ich stieß das Fenster auf. Ich wollte fliegen. Der Mond stand über dem Bahnhofsgelände und beschien die Gerätewelt. Züge mit Kesselwaggons wurden auf die Abstellgleise geschoben, Wasserdampfwolken stiegen aus den

Kesselöffnungen, aus der Stolowaja dampfte der Brodem. Es war ein unscheinbarer Eingang unter dem Lichtkegel der Straßenlampe, die Generäle schepperten mit Messern und Gabeln in den Hinterzimmern, die Soldaten patrouillierten vor der Kommandantura.

Monsieur le Patron, der dies in ein Restaurant verwandelte, bedient mich stets selbst. Er besitzt jene seltene Eleganz aus Respekt, Herzenswärme und Diskretion bis in die Bewegungen hinein, die sein Metier krönt und als nahezu ausgestorben betrachtet werden muß. Monsieur le Patron weiß, wie man lebt: wie in Frankreich. Er hatte es lange genug studiert im ersten Hotel der Stadt und wartete den rechten Zeitpunkt ab. Denn die Lebensänderung glückt nur zum rechten Zeitpunkt. Niemand kennt ihn, er liegt plötzlich in der Luft, und alles verlangt nach einer Tat. Ich riß die Tapete von den Wänden und stieß das Fenster auf. Nicht in jedes Leben legt die Weltgeschichte Kreuzungen solcher Dimension, und nicht jeder vermag sich im richtigen Moment in die richtige Richtung zu bewegen, bedacht und couragiert wie mein Patron. Was aber ist das Richtige, was war es, was wäre es gewesen! Monsieur streift lächelnd durch sein Restaurant und schließt die Augen.

Er schätzt die Kunst; mir scheint, es führt diese Menschen wie von selbst in meine Nähe. Als sei die Welt voller

Seelenverwandter. Es handelt sich freilich um eine Fehlsichtigkeit, der keiner entgeht, sie verstärkt sich mit den Jahren, weshalb sich der Mensch beharrlich täuscht, was die Menschheit betrifft. Ein jeder ist Einladung für seinesgleichen, daraus ist das ganze Netz gesponnen. Irgendwo mittendrin sitze ich am Tisch der Poétesse, hoffend, daß es sich mir offenbart.

Ich bin geduldig aus Erfahrung. Der Mensch muß warten können. Heimlich, denn Warten gilt nichts. Einst hat es auch mich nach einer Tat verlangt, alle um mich herum handelten längst. Die Tat räumt augenblicklich aus dem Weg, was bremst. Doch das Gedicht steht inwendig raumfüllend da. Ich fühle es als einen atmenden Geist. Nichts, was mir geschieht, nichts, was sich ereignet, kann an ihm vorbei. Dieser Geist verleibt sich alles ein, Tag und Nacht, jahrein, jahraus. Dabei tut er so, als verlange er nichts, er möchte ignoriert werden wie ein vegetativ gesteuertes Organ. Ich verhalte mich also ruhig.

Ich darf eins nicht von ihm fordern: daß er erscheint. Das heißt: warten können. Vielleicht erscheint das Gedicht auch nie in diesem Leben, dann eben im nächsten. Wenn ich in diesem warten konnte. Monsieur le Patron streift mich mit seinem Lächeln, er wird diese letzten Konsequenzen nicht kennen. Dafür schenkt er mir seine ritterliche Empathie, die meine ganze vage Existenz umfaßt. Dies ist die kaum steigerbare Beziehung, die mir ein Mensch bieten kann. Ich weiß, sie erfordert wahre Reife und Format. Ich sollte sie nicht anders nennen als Liebe.

Es ist der Tisch neben dem Klavier: Energien fließen hier zusammen von allen Seiten des Raums, die anregend verwinkelt ausgreifen. Vom Eingang her nicht gleich überschaubar, führen sie in kleine Schluchten und Nischen, mehr angedeutete Räume, die ihre Verbindung zum Mittelpunkt nicht verlieren, der einen ganz kleinen Tanzplatz darstellen könnte, für ein einzelnes, in sich vertieftes Tangopaar, das sich dank dieser Raumsituation niemals konzentrisch eingekreist und angestarrt fühlen würde, eher schon wie von einer leicht bewegten Schleppe aus Aufmerksamkeit und Wohlgefallen umschwungen.

Die Lebenslage, die mich hierher geführt hat, sie ähnelt diesem Raum, ihre ausgreifenden Verwinkelungen reichen ins Unerreichbare. Dennoch verlieren sie sich nicht im Nichts, als sei jede Lebenslage, und sei sie schwindelerregend, gehalten in einem namenlosen Mittelpunkt.

Das Klavier, ist es in gutem Zustand? Wird es regelmäßig gespielt, vielleicht an bestimmten Tagen des Monats, oder hatte es eine große Vergangenheit und darf sich hier davon ausruhen? Wer weiß. Nicht jede Frage will eine Antwort. Ich schätze es gelegentlich, wenn die Dinge offenbleiben, ich unterlasse Nachforschungen. Die Dinge ringsum wollen manchmal vielleicht nicht gestört werden, während sie sich anordnen zu einer Komposition von Ereignissen, die das Gedicht an sich genannt werden kann. Es handelt sich dabei um nichts weniger als das Leben; ein jeder schreibt es am Tag und in der Nacht, es läßt sich in diesem Lebensgedicht herumgehen wie in einem Raum. Man mag in ihm spazieren wie in einem funkelnden vierdimensionalen Kaleidoskop, dem das Geheimnis der Symmetrien zugrunde liegt – ein Fall für den Lehrstuhl der reinen Mathematik!

Im Laufe des Lebens ist in mir die Ahnung unserer Einfalt gewachsen. Man beginnt ja immer mit dem Gegenteil; der Erstsemesterwahn hat sein Recht, zum Anfangen braucht es Hochmut, zum Aufhören Klarheit. Das lehrte mich meine Mutter. Einmal besuchten wir Monsieur le Patron. Sie hielt genau auf dem Tanzplatz inne und begann sich aufmerksam mit ausgebreiteten Armen um die eigene Achse zu drehen, um den Raum zu ergreifen. Sie fühlte sich unbeobachtet, wie immer. Dabei lächelte sie: was sie wahrnahm, fand ihre Zustimmung.

Mein Mäzen ist anwesend. Er leistet mir Gesellschaft, wovon niemand weiß. Vor dreißig Jahren stieß ich das Fenster auf, flog nach Westen, überquerte eine buttergelbe Wüste und bog kurz und scharf in Richtung Äquator ab. Über den Tennisplätzen des Campus von La Jolla stand der Vollmond, er stand sehr tief, ein leuchtender Ball über dem Netz, ein für die Stunde meiner Ankunft innehaltender Netzvolley genau über den zwei Seiten des Spiels. Ich war in der Mitte der Welt angekommen. Mein Mäzen, ich danke ihm, wenn mir das Lachsfilet von Monsieur le Patron auf der Zunge zergeht, begleitet vom Entzücken der Betrachtung, das dieser Wirbelpunkt des Raums, la table de la poétesse, mir beschert.

Ich hatte ihn schon bald gefunden, meinen Tisch, dabei ließ ich mich leiten wie meine Mutter. Mir ist nie entgangen, wie sie sich mit allen Poren einen Raum eratmet hat; es war ihr so wenig bewußt wie das Luftholen selbst. Sie hielt inne und hob gedankenverloren die Arme. Die langlebigsten Lektionen kommen von Menschen, auf die wir nicht mehr reagieren können. Sie hat es mir vorgeführt: Jeder Raum zielt auf den Körper, er berührt ihn kontaktlos, beide verbinden sich augenblicklich, jenseits des Verstandes. Raum und Körper sind eins. In lichten Momenten dringt diese verborgene Sensation zu einem durch, als plötzliche Erweckung, als erotischer Strom. Etwas Ekstatisches scheint im Gange zu sein. Es ist weiter nichts als das Lebendige. Man möchte tanzen, doch man denkt zuviel. So hat man schnell wieder vergessen, was das Lebendige eigentlich ist, wie es strömt, blitzt, glüht und klingt. Eine winzige Ablenkung reicht, und der Mensch erlischt, ohne es zu merken.

Mein Patron erscheint, ich darf wählen. Die Schiefertafel mit den Hauptgängen erzwingt höchste Geistesgegenwart, es gilt die Speisen im Geiste zu schmecken, möglichst zügig, das überfordert mich. Hinge ich jetzt meiner Imagination nach, wäre die Küche bald geschlossen. So ist es mit allem, was das Leben uns offeriert. Im stillen bin ich aufgebracht, schon wieder wählen zu müssen. Ich will nichts ausschließen, wer entspannt ist, will ja sagen. Monsieur fühlt das. Danke, sagt er, mit einem Hauch von Verbeugung, kommt sofort.

Wissen Sie, flüstere ich, als er ein Ingwersüppchen serviert, das Gedicht fordert das Äußerste an Strenge, ich bin erschöpft. Ich habe keine Ressourcen übrig, um zu wählen. Tun Sie es für mich. Erlauben Sie mir zu empfangen, nichts als das! Aber Madame, flüstert mein Patron zurück, dazu sind Sie auf der Welt! Und das muß mir gesagt werden! Ich schwöre, es war das letzte Mal, ich werde die Askese brechen, der mich das Gedicht unterwirft. Ich werde mein Leben ändern. Keine Freiheit, die verlockender wäre: Du kannst dein Leben ändern. Keine Fessel, lustvoller denn jene: Du mußt dein Leben ändern! Und das schon ein Leben lang. Heilige Poétesse!

Monsieur: Sie erlauben – ich darf für Sie wählen? Ich: Die Welt scheint in Ordnung! Das ist der Sinn dieses Orts, erwidert er und entfernt sich, er hat mir meine Wünsche von den Augen abgelesen. Er weiß, ich bin kein Gast wie jeder andere, die Poeterey zehrt an der Substanz, ich muß ernährt werden auf allumfassende Weise, wozu er auf seine Art beiträgt, durch schwebendes Verstehen, das sich delikat materialisiert.

Es war mein Mäzen, der von meiner Lage Kenntnis erhalten haben muß, er erfaßte meinen Erschöpfungsgrad sofort. Ich suche das Dasein zu begreifen, ohne es festzuhalten, es ist flüchtig wie ein Traum, tut aber so, als sei es eine Stadt mit Festungsmauern. Nichts kann sie erschüttern, nur Worte, die klingen. Im Traum war ich bei einem Gang durchs rückwärtige Viertel im dichten Schneetreiben in die Vergangenheit geraten, hatte kurz die Zukunft betreten und, tiefer in der Nacht, getrieben von einer plötzlichen Erhellung, bei Monsieur Zuflucht gesucht und diesen Tisch auserkoren – im Traum irren wir uns nie –, es war der richtige: Im nächsten Moment, kaum saß ich, hagelte es Geistesquäntchen wie Sterne in Sterntalers Rock. Mir mangelte nichts. Ich hatte meinen Platz gefunden.

Das war der Traum. Ich zögerte nicht lang und stellte ihn im Leben nach, indem ich meine Wohnung, die mir als Klause dient, verließ und der rückwärtigen Straße folgte und nun allwöchentlich bei Monsieur einkehre. Ich weiß mich seitdem der Zukunft sicher, zu der dennoch schwer durchzudringen ist, sobald man den Traum wieder verlassen hat. Ich weiß nun immerhin vom Seinszustand der Zukunft, und in Momenten des poetischen Affekts bin ich diesem Zustand an meinem Platz am nächsten.

Noch während meines Besuchs kam ein Scheck, sein symbolischer Wert ist unbezifferbar, mein Mäzen verläßt die Sphäre des Symbolischen übrigens durch keinerlei sichtbare Handlung. Möglicherweise verhandelt er mit Monsieur le Patron, als Verehrer meiner Poesie spricht er mit mir in der Sprache der Bilder. Vielleicht hält er es für möglich, daß ich auf lebenspraktischem Terrain weniger sicher bin. Vielleicht hält er das auch für bedeutungslos. Vielleicht aber weiß er einfach mehr: Die dreißig Jahre sind Vergangenheit, jetzt vor der unmittelbaren Zukunft heißt es im Vollbesitz der eigenen Kräfte zu sein. Man muß seine Siebensachen griffbereit haben. Der Körper muß gut genährt sein, nicht mit Überflüssigem, sondern mit geordneten, abrufbaren Ressourcen. Nicht unwahrscheinlich, daß der Körper demnächst zu Exerzitien aufgerufen wird, die in der Vergangenheit niemand für möglich hielt.

Im Traum trieb es mich die rückwärtige Straße entlang. Es war dunkel, große Schneeflocken streiften die Häuser; der Polsprung war noch immer ausgeblieben. Aufgeschoben ist nicht aufgehoben. Ich erfuhr, daß dieses Jahr kein gewöhnliches werden wird.

Das Verlangen nach Lebensänderung erfaßt mich seitdem jedesmal, kaum habe ich am Tisch Platz genommen. Als sei ich an einen Zustrom angeschlossen. Vielleicht handelt es sich hier um einen Kraftplatz von alters her, vor zweitausend Jahren, da diese Stadt noch als Idee existierte und man dieser Idee einen Namen gab: Aregelia – und allein der Klang ihres Namens sie von hier aus ins Leben rief. Das richtige Leben duldet keinen Aufschub, vor zweitausend Jahren nicht, vor dreißig Jahren nicht und nicht jetzt; es muß beim Namen gerufen werden! Das richtige Leben, es steht in den Sternen; die Poeterey steht freilich auch in den Sternen.

Kaum sitze ich mit festem Boden unter den Füßen eine Weile entspannt da, überfluten mich Lebensänderungsphantasien. Sollte mir Monsieur diese Weile einräumen bis zum Hauptgang, wird es gleich losgehen: Es ist, als schütte jemand oben am schwarzen Firmament Goldflitter aus; ich schließe die Augen. Die Unendlichkeit als Abstraktion ist ertragbar, nicht aber die Unendlichkeit unserer Möglichkeiten! Es hagelt Teilchen, Himmelskörper, die noch nicht in ihre Bahn gezogen wurden, vielleicht der Sternenüberschuß, weil oben ja streng auf Geometrie geachtet wird, sonst würde alles auseinanderfliegen. Wer bekleidet dieses Amt? Ein Sternwärter – ich küsse diesen Sternwärter, ich will ihn sofort kennenlernen! Aber man muß warten können.

Monsieur le Patron konnte auch warten, bis er vor dreißig Jahren beschloß, ein eigenes Restaurant mit französischer Küche zu eröffnen. Er sei seinem Gehör gefolgt, er liebe die Sprache, sie fließe auf der Zunge wie Wein, und sie erlaube ihm, Distanz im Vertrauten zu kultivieren. Leicht neigt er sich im Vorbeigehen mir zu: Wir alle konnten damals warten auf den richtigen Zeitpunkt, er erscheint wie ein Zeichen, dann reicht ein Wort! Monsieur, dann kommen viele Jahre, erwidere ich, und alles kommt anders, schon hat man das Fliegen wieder verlernt, und der richtige Zeitpunkt vergißt sich. Mein Patron umfaßt seine Gäste mit einem zärtlichen Blick. Keine Bange, Madame, wir erkennen ihn wieder, wann immer er im Leben erscheint, das macht unsere Stärke aus!

Ich verfolge seinen raschen luftigen Gang, diskret übersieht er keinen und hat doch keinen gesehen. Längst weiß ich die Anzahl der Jahre zu schätzen, die ein Mensch durchschreitet, um sein Weltgebäude zu erbauen, sein Schritt wird fest, elastisch und souverän, mit dem er sich darin bewegt, es ist eine Wonne, ihm hinterherzuschauen. Ich mache allen, die noch bei den ersten tappenden Schritten sind, die schönsten Hoffnungen: Fürchtet euch nicht! Das Leben wird unnachahmlicher, je länger es dauert: exaltiert und erlesen, von stiller Ekstase. Du mußt dein Leben ändern!

Der Traum hatte die rückwärtige Straße in kaltes Mondlicht getaucht, ich war ihm mit großer Selbstverständlichkeit gefolgt, nicht nach meinem Willen, sondern gleichsam als Teil einer kosmischen Formation. Die Gewißheit natürlicher Bestimmung, wie sie in Träumen fast nebenbei aufleuchtet, erfüllte mich.

Der Mond, er sieht uns nachts seit jenen Ewigkeiten, als wir noch durch das All zogen. Ich verlor früher kein Wort darüber; das Brüderlein im oberen Bett erzählte im Dunkeln: Fräulein Schirmer, die seine erste Klasse leitete, hatte im Freibad einen Bikini getragen. Der Bikini glühte noch einen Moment über dem Doppelstockbett. Dann machten wir die Augen zu, wodurch es noch dunkler wurde, eine Schwerelosigkeit trat ein, ich glitt in den Weltraum hinaus, der an Dunkelheit nicht zu überbieten war, eine Kraft versetzte mich in eine spiralförmige Drehung um meine eigene Achse, meine Körpermitte schien sich zu dehnen, in der Schwärze des Alls glommen einzelne Funken auf, die Lichter von Sternen! Während ich in meiner Spiralrotation dahinflog und nun selbst ein sanftes Licht auszusenden begann, in dem Maße, wie ein Strom der Entgrenzung, der Auflösung mich durchdrang, ein unaufhaltsames, stilles, tief orgiastisches Gewahrsein.

Ich erfuhr auf diese Weise schon früh vom Universum in mir und da draußen, und wie beides ineinanderströmt, bevor mir das für lange wieder entfallen ist. Immerhin der Mond blieb übrig, schließlich ist er nicht zu übersehen. Übrigens soll er bewohnt sein, auf der Rückseite. Aber das gehört zur Zukunft. Oder zur Vergangenheit. Aber nicht zum Früher, wo ich mich auskenne. Der Mond beschien die Gerätewelt: die Kesselwaggons, Lichtmasten, Kabelbäume, den Gestängewald, die liegengelassenen Ölkannen.

Von der Erde ist mir soviel bekannt: sie ist griffig, bebaut und bietet festen Boden unter den Füßen. Immer öfter muß ich mich ihrer versichern durch Berührung. Das Bedürfnis ist gewachsen, mein Berührungswunsch wird dringender, seitdem das Greifbare schwindet, die Gerätewelt verliert an Dimension, die Dinge ziehen sich auf ihre Information zurück. Bedenken Sie, bemerkt Monsieur, die

Dinge lagen früher auf der Straße, man konnte über sie stürzen, schon war man berührt.

Vor dreißig Jahren befand sich gegenüber eine Klempnerwerkstatt; es gab wenige davon. Auf dem Tresen lag ein aufgeschlagenes, liniertes Buch, es enthielt Namen und Daten mit Kugelschreiber in eine Zeile geschrieben, am Ende ein Kürzel für die Reparatursache. Der Klempnermeister hörte sich die Notfallschilderung an, blätterte in dem Buch und ließ zögernd die Seiten fallen, mit einem präzise ausgeschnittenen Geräusch, ein hintropfendes Seufzen. Ich: Es geht um die Dichtung! Er: In drei Wochen, frühestens. Ich: Aber es tropft! Er: Hm. Ich: Offen gesagt: Es rinnt! Er: Tja. Die folgende Pause war von feinstofflicher Qualität. In ihr entschied sich die Zukunft. Der Zukunft ist schwer beizukommen, solange sie noch nicht zutage getreten ist. Die Zukunft existiert erst als Manifestes. Man sieht sich vor vollendete Tatsachen gestellt, vorher ist man wehrlos. In den Sekunden der wortlosen Pause vor dreißig Jahren war man vollkommen wehrlos. Natürlich nur, wer vor dem Tresen stand. Der Meister hatte Zeit. Das versonnene Klopfen des Kugelschreibers brach sich an den Wänden der Werkstatt.

So lebte die Menschheit über Jahrtausende inmitten des Anfaßbaren, und noch vor dreißig Jahren wäre den

Minuten der Wehrlosigkeit am Tresen des Klempnermeisters einzig mit etwas Anfaßbarem augenblicklich ein Ende zu machen gewesen, nämlich mit einer Flasche französischen Weinbrands. Aber nicht von mir. Ich hätte gefürchtet, den Meister durch eine solche Geste zu degradieren. Wer weiß, ob ich überlebt hätte, wäre damals die große Lebensänderung nicht eingetreten. Ich versprach mir mehr Feinstofflichkeit. Mehr Geist zur Materie. Zur Erde mehr Himmel.

Von den Sternen immerhin geht ewiges Licht aus, auch wenn das Gegenteil erwiesen ist. Vor dreißig Jahren stieg ich in ein Flugzeug gen Westen, ich verließ es um die Mitternachtsstunde, nachdem Tag und Nacht unbestimmt gewechselt hatten. Von den Tennisplätzen her klang ein weicher regelmäßiger Aufschlag, das Hotelzimmer: von schweren, dichten Läden aus Holz gesichert, als ich sie geschlossen hatte, verlor ich in der tiefen Schwärze die Orientierung im Raum. Ich erinnere mich nicht, wo ich die Nacht verbrachte. Die vollkommene Abwesenheit von Licht schien alle Gegenstände ringsum und mich selbst der Wirklichkeit entnommen zu haben. Flüchtig dachte ich noch an jenes kleine Areal auf der Erde, von dem ich aufgebrochen war, schemenhaft sah ich die geteilte Welt, unscharf, wie durch ein tektonisches Rucken in ihren Konturen verwischt, ehe diese Konturen in der Schwärze eines Hotelzimmers in La Jolla versanken wie eine verblassende Leuchtspur. Die Nacht war ein langer Kuß, aus dem ich erwachte durch eine Explosion von Licht; jemand hatte die Fensterläden aufgestoßen.

Mein Mäzen hat mich nie aus dem Blick verloren. Wir telefonieren nicht, wir schicken einander Zeichen. Er führt keine Stiftung für Poeten, er ist Liebhaber, Romantiker. Ich weiß, ich bin die Einzige meiner Art für ihn. Etwas anderes, ein großangelegtes Mäzenatentum, mit dem er bekannt wäre, gar prominent, würde nicht zu ihm passen. Ich schließe das aus der Literatur, die er liebt: meine.

Früher, sage ich zu Monsieur le Patron, verstand ich wenig von französischem Weinbrand. Aber ich liebte es, wenn die Russen französisch sprachen. In Romanen, Madame, erwidert er sanft. Bitte vergessen Sie nicht, Monsieur, Romane überdauern das Leben. Und die Russen kennen ihre Literatur, hier residierte vor dreißig Jahren der Kommandant, vielleicht spielte er nächtelang Schach auf der Veranda bei Tee und Konfitüre. Mit wem, fragt Monsieur überrascht, mit Gagarin? Ich kenne das Viertel, erwidere ich unbeirrt, von früher, verstehen Sie, einst dachte ich, um etwas zu verstehen, muß es erst zu Ende sein. Daran zweifle ich inzwischen; nichts ist wirklich zu Ende, und verstanden wird auch nichts. Das Verstehen ist so eine Sache, eine Art

Trost- und Wahnvorstellung. Alles fließt, doch das Verstehen bremst. Sobald etwas verstanden werden will, kommt es zu Stockungen. Man sollte es streichen, zuerst als Wort, dann als Wahn! Geben Sie sich keine Mühe, Madame, flüstert mein Patron mitfühlend, ich verstehe alles.

Früher ist ein anderes Wort für Vergangenheit, für jenen Teil der Vergangenheit, der von uns besiedelt und erlebt wurde. Monsieur le Patron zieht sein Früher mit jedem Schritt durch den Raum, ein schwingendes Gewand aus allem, was er jemals gefühlt, gedacht, erlebt haben mag, es streift mich als sein Lächeln, während Vergangenheit ein Erzeugnis des Verstandes ist und wechselnde Geschichtsbücher füllt.

Geben Sie zu, Monsieur, rufe ich, während er an mir vorbeiwedelt, es ist ein Wunder, daß wir uns verstehen! Wir verständigen uns, korrigiert er, mit einer kleinen, hinreißend charmanten Geste um Nachsicht ersuchend, alles andere ist Liebe. Zweifellos, sage ich erfreut. Er kehrt bald aus der Küche zu mir zurück. Schon in diesem Lokal, Madame, käme es täglich zum Duell, wenn nicht jeder das Unverständliche am anderen mit großzügigem Wohlwollen auffüllte. Ein Geschenk der Evolution: Wir leben nur aus einem großen Herzen oder gar nicht. Soviel zur Zukunft aus der Sicht Ihres Patrons, der lediglich für die elementaren Bedürfnisse des Menschen zuständig ist, also für die Gegenwart, denn der leibliche Genuß erzwingt das reine Jetzt, Madame. Nur der Körper allein vermag den gegenwärtigen Moment zu erfahren und die Zeit außer Kraft zu setzen. Das ist, wie wir wissen, die wahre Freude am Essen, Trinken und Küssen.

Und die Zukunft, bemerke ich, liegt hinter einem Vorhang, der sich bewegt. Selbst der eiserne Vorhang war aus schimmerndem, fein durchbrochenem Material. Erinnern Sie sich: darin bestand die Raffinesse, in der scheinbaren Durchsichtigkeit. Es changierten darin Phänomene, die schwer festzuhalten waren, sie bewegten sich gleitend, gingen ineinander über. Kaum hatte ich schon damals die glänzende Gerätewelt der Zukunft erkannt, diese kleinen eleganten Formate, löste sie sich auch schon wieder auf. Als ob ein leichter Wind den Vorhang in Bewegung hielt und die Zukunft aufblitzen ließ. Aber es ging überhaupt kein Wind, im Gegenteil: In der Nähe des eisernen Vorhangs gab es keine Luft!

Ein ganz unwahrscheinliches Phänomen, wendet Monsieur ein, die Natur bringt dieses unter keinen Umständen hervor, die Natur trägt keinerlei Schuld, die Natur schaut uns nur zu. Und was meinen Sie, was sie dabei so denkt, die Natur? frage ich. Nichts, chère Madame! Wir werden gesehen. Nicht von Überwachungstechnik, die nur beobachtet. Wir werden wirklich gesehen. Was meinen Sie mit wirklich, Monsieur? Er lacht etwas verlegen auf, Sehen ohne Denken, Madame. Können Sie das? frage ich überrascht. Wo denken Sie hin – aber Sie sollten es doch können. Die Kunst überwindet schließlich das Denken – für die Wortkunst eine übermenschliche Übung, ich kann es nur ahnen. Oh, ich schaue mit geweiteten Augen auf meinen Patron. Die Poétesse sollte es deshalb niemals am Dessert fehlen lassen!

Die Natur, es ist schön, über die Natur nachzudenken, über Himmel und Erde, das All und das Eine, ohne es verstehen zu müssen. Ich sitze am Tisch, mein Mäzen ist anwesend, inwendig wird es ruhig und weit, der Atem wird seltener und tiefer. Ich sollte das Herz dazu bringen, in einer Minute nur drei Schläge zu tun – mit dem dritten Schlag wird die Synchronisation initiiert, und die Lebensänderung rast wie ein Dominolauf um diese Welt!

Warten können! ermuntere ich mich, mir entgeht an meinem Tisch nichts. Kaum spazieren nämlich Gäste zur Tür herein, geschieht es im Bruchteil des ersten Augenblicks: blitzschnell orientieren sie sich im Raum. Das beherrschen wir also verläßlich wie die Tiere, es gehört offensichtlich zur Überlebensausstattung. Wir sind von Natur aus auf alles Undenkbare eingerichtet, wir sind nicht auf das Denken angewiesen. Wir werden auch unter undenkbaren Umständen fortbestehn! Ohne nachzudenken, verstehen wir es, an jedem Ort zuerst unser Leben zu sichern. Das Schöne allerdings gibt es in diesem Augenblick noch nicht, zum Beispiel den wie eine große granatrote Blüte ausgreifenden Leuchter genau über dem Tanzplatz. Noch könnte das Ganze auch eine Höhle sein. Möglicherweise betrachten wir im Bruchteil der ersten Sekunde noch immer jeden Raum als Höhle. Ehe daraus das Restaurant von Monsieur le Patron in Erscheinung tritt.

Meine Höhlenleben fanden vor vielen Jahrhunderten statt, an Einzelheiten erinnere ich mich nicht. Ich muß damals meinen Körper vernachlässigt haben. Er scheint sich nur sehr langsam davon zu erholen. Vielleicht reicht ihm ein Leben dazu nicht aus. Welche Nahrung ich ihm auch anbiete, er verarbeitet alles restlos und in hoher Geschwindigkeit, so als drohe Gefahr. Alles verbraucht er bis zum letzten Bissen, um seine Funktion zu sichern, Depots legt er nicht an. Evolutionär ein unnatürliches, riskantes Verhalten in einer Epoche der Sicherheit und des Überflusses. Sie geht zu Ende. Veränderungen sind ja im Gange, lange bevor sie sich zu erkennen geben. Anfang und Ende sind schon da, während wir uns mittendrin wähnen. Eigentlich sind sie immer da, sogar gleichzeitig, nur unsichtbar.

Darüber muß ich in meiner Höhlenzeit lange nachgedacht haben, diese Vorstellungen sind mir vertraut. Kaum habe ich mich an meinem Tisch niedergelassen, finden sie sich ein wie zutrauliche Wildtiere. Der Appell, mich zu nähren für eine ungewisse Zukunft, steigt dann aus den Archiven des Unbewußten empor. Dort, wo meine Höhlenleben abgelegt sein müssen. Es muß sich um Felsspalten gehandelt haben, hinter denen es Raum gab, in den von oben Licht gefallen sein muß. Mir scheint, ich wurde in diese Wohnstätten damals nicht verbannt; ich habe sie selbst gewählt. Zu welchem Zweck? Das Licht des granatroten Leuchters fällt auf meinen Scheitel. Alles stimmt, ich weiß mich plötzlich wie von Ewigkeit her am rechten Platz.

Ich rühre mich nicht. Um mich eine kreisende Bewegung, das umherirrende Sehnen im unendlichen Möglichen, zwischen Mond und Sternen, nichts und allem. So geht es mit den schönsten Augenblicken, sie erscheinen und vergehen. Kurz war etwas zu erkennen. Als würde für einen Augenblick der Schleier gehoben vor dem Raum, in dem es keinen Anfang und kein Ende gibt.

Das Gedicht!

Den Ort kenne ich nicht, ich könnte niemanden hinführen. Es ist auch weniger ein Ort als ein Raum. Dort gibt es aber keinen Tisch, wo es liegen könnte, nicht mal einen Fußboden. Es befindet sich in dem Raum, der weder Tisch noch Boden hat. Auch keine Wände, an denen es befestigt werden könnte. Der Raum hat keine Begrenzung im Dreidimensionalen. Dennoch fällt er nicht ins Ungefähre auseinander. Im Gegenteil, er hat etwas Verläßliches, etwas Bestimmtes. Ich kann ihn nicht wie eine Wohnung verlieren, kündigen, verlassen oder verkaufen. Hätte ich nichts, bliebe er übrig. Dort befindet sich das Gedicht. Ich kenne es noch nicht, aber ich weiß von ihm. Es gibt jetzt keine äußeren Umstände mehr, die ihm etwas anhaben können. Das Gedicht hält sich einfach in dem Raum auf.

Monsieur tafelt den Hauptgang in kleinen Portionen, sie sehen aus wie Kostproben, manchmal führen wir ein kleines Gespräch, alles ist so arrangiert, daß nichts kalt werden kann. Einmal ist es der Anfang eines Gesprächs, ein anderes Mal das Ende. Kürzlich erwähnte er den plötzlichen Tod eines engen Freundes und verschwand wieder. Ich hatte nicht den Eindruck eines Fragments.

Erst jetzt, da ich vom Gedicht weiß, kann ich mich den Köstlichkeiten widmen. Es ist, als habe ich endlich Zutritt zum Leben aller anderen erlangt. Ja, es sind Bedingungen daran geknüpft, von denen diese anderen nichts ahnen. Zu Recht, die Strenge dieser Bedingungen würde sie verstören, sie würden mir distanziert begegnen, ohne es zu wollen. Ich könnte sie verstehen. Wie sollte ich auch erklären: Erst wenn ich die Existenz des Gedichts wahrgenommen habe, gehöre ich zur Gesellschaft, vorher treibe ich mich orientierungslos vor den Toren der Stadt herum, monatelang versuche ich mich beisammen zu halten, verloren, hungernd, in Höhlen hausend, ohne die Koordinaten einer menschlichen Bestimmung, kaum daß ich angesprochen werden möchte und doch voller Sehnen.

Deshalb schätze ich die Diskretion von Monsieur le Patron, ich bin auf sie angewiesen. Er fragt unverfänglich, er versteht es, eine anteilnehmende Frage unverwandt im Raum verweilen zu lassen. Sie ist dann einfach dabei, wie eine behutsame weitere Person. Es ist pure Dankbarkeit, die mich erfüllt, wenn ich in dieser Szenerie aufgehoben sein darf, in der ich mich nicht erklären muß. Ich bin auf die Zurückhaltung der anderen angewiesen; man kann mir gewisse Fragen nicht stellen, solange ich das Gedicht nicht fühle. Man kann mich nicht einfach fragen, wie es mir geht. Es würde mich an den Rand des Abgrunds drängen, was sich kein vernünftiger Mensch ohne Gegenwehr gefallen ließe. Es nützte mir gar nichts, träte ich auf die asiatische Art sanft beiseite, um den Angreifer durch seine eigene Energie seinerseits in den Abgrund laufen zu lassen. Für ihn existiert kein Abgrund; es ist meiner.

Jetzt, da ich vom Gedicht weiß, werde ich ruhig. Mein Patron serviert den nächsten Gang. Eben noch überflutete mich die Welt. Eben noch riß es mich in die Stromschnellen jeden Anblicks, jeden Gedankens. Ich wollte die Welt werden, das All, der Traum, das Unendliche, eben noch fühlte ich mich pausenlos scheitern. Eine Ewigkeit lang kannte ich wieder nichts als Rückzug, Askese, Ringen und Scheitern. Niemand hat mir das angesehen. Ich wirke alles andere als zerrissen. Ich wirke, als denke ich immerzu ans Küssen.

Zwei

Das Dessert!
Monsieur le Patron trägt es auf einer Hand über dem Kopf heran. Ein Lorbeerholzbrett in der Größe eines Wagenrads! Er versetzt es elegant ins Drehen und läßt es auf meinem Tisch landen, mit einem dämpfenden Lächeln verweist er auf die Schlichtheit der Substanz unter der spektakulären Garnierung. Mein Blick fällt auf den Umriß in der Mitte, dessen präzise Ziselierung hervorsticht. Er rahmt eine weiße symmetrische Figur, bestehend aus der reinsten süßen Sahne. Ich schließe die Augen, um ihren Duft in mich einströmen zu lassen, öffne sie leicht benommen wieder – und erblicke eine andere Figur, zweifellos tief dunkle Schokolade, pur und bitter: zwei sich einander nähernde gespitzte Münder. Ich schließe wieder die Augen, um sie sofort wieder zu öffnen, jetzt drängt sich erneut die Figur aus gerahmter Sahne in mein Blickfeld, nach einem Wimpernschlag gleich darauf wieder die zwei Münder aus schwarzer Schokolade.

Das ist ein Kuß! rufe ich.

Monsieur: Das Aufleuchten eines Aspekts, Madame.
Und das ist Krönung! rufe ich mit dem nächsten Wimpernschlag, da ich den Pokal aus süßer Sahne erkenne.
Monsieur: Das ist der Aspektwechsel, er zeigt sich durch Staunen.

Ich sauge ihn ein, den Duft der beiden bitteren Küssenden, die sich nur fast küssen, im Zwischenraum den süßen Pokal haltend. Ihr Fastküssen, es erscheint sehnsuchtslos, sei es, sie haben die Sehnsucht aufgegeben, sei es, sie beherrschen sie in einem fortwährenden Akt. Sie halten den Pokal, den sie hervorbringen, als sei er die Krönung ihrer Beherrschung! Tatsächlich hat er zur Bedingung ihre gebändigte Nähe: Nur der in der Erwartung gehaltene Kuß läßt den Pokal entstehen. Der halbherzig erwogene läßt ihn zerfallen, der vollzogene Kuß vernichtet ihn sofort. Je größer das Wagnis der Nähe, um so atemberaubender die Taille des Pokals.

Monsieur! rufe ich: ein Gedicht!

Drei

In der Nacht des ersten Januar hatte ich nicht geschlafen. Ein Strom hatte begonnen, in meinem Körper zu pulsieren, an der Grenze zum Schmerz. Unbekannt und beherrschend, geräuschlos, dröhnend. Ich verhielt mich ruhig, verharrte in Rückenlage und vermied jede Bewegung. Um so mehr prägte sich mir das Strömen und Rauschen ein. Ich fürchtete, daß es sich auf einen nicht absehbaren Punkt hin steigern könnte. So brach ich die Beobachtung wieder ab und erwog, ob ich eine Bewegung wagen konnte. Merkwürdigerweise war dies nicht so einfach, denn das Strömen war selbst eine so beherrschende inwendige Bewegung, daß das Heben eines Beines dagegen nicht ankam, es erstarb bereits als Impuls. Ich blieb also liegen und sann nach, was zu tun sei. Die Nacht wiegte mich immerhin in Hoffnung, denn die Dunkelheit würde schließlich vergehen, sobald der Morgen anbrechen würde, diesem Naturgesetz ist auch der Mensch anvertraut. Wandlung stand also in Aussicht.

Ich konzentrierte mich darauf, keine Unruhe aufkommen zu lassen. Ich versuchte, Freude zu empfinden ob dieser völlig neuen Situation, denn was ist schon wirklich neu, wenn man kein Kind mehr ist. Ich zwang meinen Verstand in diesen Gedanken. Auch wenn es mir nicht gelang, Freude zu empfinden, so hielt ich mich doch mit allerlei Versuchen, meine Besorgnis in Schach zu halten, die Nacht über beschäftigt. Dann setzte die Dämmerung ein, ich wartete noch ab, als nähme ich Anlauf. Bei Sonnenaufgang gelang es mir, meinen Zustand für einen Augenblick auszublenden, ich tat einen mutwilligen Satz aus dem Bett, stand auf beiden Beinen und setzte mich quer durchs Zimmer in Bewegung.

Der Strom war noch da, er reagierte nicht im geringsten auf den um neunzig Grad gedrehten Winkel, mit dem mein Körper nun zur Erdachse stand. Ich begann die Morgenroutine. Dann erst wagte ich einen Blick in den Spiegel. Ich betrachtete mich ausgiebig mit Argwohn, konnte aber nichts Verdächtiges finden. Der Strom war vollkommen unsichtbar. Er glich dem lautlosen Funktionsgeräusch eines Organismus, der übergangslos auf eine hohe Drehzahl justiert worden war. So hoch, daß alles Inwendige davon in rasende Vibration versetzt schien. Es fühlte sich an, als sollte ich unter hohem Druck aus meinem Körper vertrieben werden.

Der Strom widerstand in den nächsten Stunden jeglicher Unternehmung, am hartnäckigsten jener, ihn zu ignorieren. Mein Körper sprach mich mit einer Autorität an, die ich nicht kannte. Ich unterwarf mich ihr nach kurzem, ratlosem Aufbegehren; es gab fürs erste keine Alternative. Ich ertappte mich dabei, wie ich nach meinen Siebensachen suchte, meinen Wertsachen im Falle von plötzlichem Aufbruch, Flucht, Gefahr. Immer wieder träume ich von ihnen, jedesmal muß ich schnellstens aufbrechen, mein Zug fährt oder mein Flugzeug fliegt gleich, und ich finde meine Siebensachen nicht. Es ist eine Art Alptraum.

Da mir nichts anzusehen war, beschloß ich, vorerst niemanden einzuweihen. Die Bewegung am Tage lenkte mich etwas ab. Ich achtete deshalb darauf, in Bewegung zu bleiben, und vermied es, mich hinzusetzen. Das Frühstück nahm ich im Stehen ein, noch besser war es, dabei etwas herumzugehen. Ich wanderte also mit meiner Schüssel Cerealien durch die Wohnung, ohne meiner Nahrung die geringste Aufmerksamkeit zu widmen. Ich wäre nicht überrascht gewesen, wenn die Schüssel meinen Händen ganz nebenbei entglitten wäre.

Die Wohnung, vom kahlen Geäst alter Bäume umgeben, umschloß mich, als seien ihre Wände aus merkwürdig dünnem Material. Sie liegt hoch, ich sehe den oberen gewölbten Teil der Baumkronen. Zarte Schneelinien zogen sich über jeden Zweig, einzelne Rabenvögel saßen reglos da, die Schnäbel wie kleine Degen ins Gefieder gesteckt. Diese Vögel rufen im Winter den Stillstand aus. Ohne den geringsten Aufwand ruhen sie wie Boten der Ewigkeit im Geäst. Es schneite still, ganz leicht, nach einer Weile hatte ich den Eindruck von sanfter Verspieltheit da draußen. Etwas still und zärtlich Summendes senkte sich auf das dröhnende Strömen in meinen Gliedern. Gegen Mittag klingelte es an der Tür.

Ein Paketbote meldete sich über die Sprechanlage. Die Boten kommen von den verschiedensten Diensten, und dazu wechseln sie, kaum daß man sich an einem für zwei Monate erfreuen kann. Manchmal klebe ich mir einen Zettel an den inneren Türrahmen mit dem Namen des Postboten, so ich ihn erfragen konnte. Das muß mit Fingerspitzengefühl geschehen, denn es riecht sonst für den Boten nach einer Reklamation betreffs seines Auftretens, als wollte ich an höherer Stelle Mängel anmelden. Eine winzige Stockung im Bewegungsfluß meines Gegenübers, kaum habe ich nach dem Namen gefragt, warnt mich vor diesem Mißverständnis. Ich formuliere deshalb nicht mehr: Wie ist Ihr werter Name? Ich frage, nachdem er mich beim Namen genannt hat, was zur Identifikation geschieht: Und wie darf ich Sie ansprechen? Allerdings, auch hier eine kleine Stockung, ein Innehalten, in dem eine flüchtige Verstörung aufbebt. Ich lächle den Boten rasch an, gleich ist alles wieder gut.

Neulich erst notierte ich mir den Namen Angelo auf ein rotes Klebezettelchen, um diesen Angelo das nächste Mal mit seinem Namen zu begrüßen. Jedesmal, wenn mein Blick seitdem in Türnähe gerät, verändert sich kurz etwas in mir, es scheint: die Temperatur. Eine blitzschnelle Wallung auf 37 Grad. Das empfinde ich fast schon als Fieber. Meine Konstitution ist an der Peripherie kühl.

Als ich den Hörer von der Sprechanlage nahm, sagte jemand ruhig: Guten Tag. Hier ist Ihr Hermesbote! Ich erschrak. Es war mir noch keine Zeit geblieben, an eine Begegnung mit anderen Menschen zu denken. Ich war weder vorbereitet, noch wußte ich, was überhaupt geschehen war. Er aber würde sofort sehen, was ich nicht sah. Ich selbst war zweifellos so sehr an meinen Anblick gewöhnt, daß ich die Veränderung übersehen haben mußte, als ich am Morgen lange in den Spiegel blickte. Einem Fremden jedoch würde sie keinesfalls entgehen. Wahrscheinlich würde er sofort realisieren, was mit mir passiert war. Etwas würde sich in seinem Gesicht abzeichnen, mit dem ich dann leben mußte. Noch ehe ich mit mir selbst im reinen war. Ihr Hermesbote! rief es noch einmal.

Ich erwiderte etwas, eine Ermunterung, eine Einladung zum Aufstieg, denn siebenundneunzig Stufen wollen erklommen sein. Ich versuche stets, bereits am Fuße des Berges die Kräfte des Boten zu stärken, damit ich am Gipfel nicht mit Verdruß konfrontiert werde. Jetzt hatte er alle

Zeit der Welt, in das höchste Stockwerk heraufzusteigen. Ich ertappte mich dabei, wie ich noch schnell ein paar Dinge an ihren Platz rückte, den Stuhl an den Tisch, einen Schuh parallel zum zweiten, ein Geschirrhandtuch symmetrisch zu einem Handtuch für die Hände. Dabei fühlte ich mich wie von jemandem beobachtet. Das war merkwürdig, gab mir aber einen gewissen Halt. Auch wenn von diesem Beobachter Neutralität ausging, sie hatte Wärme. Ich hielt abrupt inne. Mein Körper gab nach. Offenbar seit der Nacht zurückgehaltene Tränen einer Nervenerschütterung drängten aus meinen Augen. Ich war nicht allein!

Einen Spalt öffnete ich die Wohnungstür und zog mich wieder zurück, wie ich es in diesem Fall immer tue, um die Ankunft nicht zu verpassen, von weitem Willkommen zu signalisieren, jedoch den Eindruck von Ungeduld zu vermeiden. Seit längerem entgeht mir nicht, der Aufstieg wird immer seltener ohne Rast bewältigt. Jetzt war ich froh, mir in der Vergangenheit immer einen Kommentar verkniffen zu haben. Ich kannte ja das Leben nicht! Über Nacht konnte der Mensch in Umstände geraten, die seinen Lebenslauf ins Stocken brachten. Ganz überrascht von dieser postwendenden Einsicht, bewegte ich mich ziellos in der Wohnung hin und her. Gleichzeitig schien etwas in mir stillzustehen.

Die Schritte des Boten näherten sich in einem sicheren, ruhigen Takt. Als würde etwas gemessen. Ich begriff: Es handelte sich um seine und meine Lebenszeit. Soll man darin eine Bindung sehen? Sind wir füreinander bestimmt für den Augenblick der Übergabe eines Pakets, das ich nicht bestellt habe? Wird er goldene Schuhe tragen? Würde ich der ausgeschnittenen Zeit dieser Begegnung äußerlich gerecht? Ich schaute an mir herunter, nichts Auffälliges, nichts, das den Aufruhr in mir zu erkennen gab, das Brausen unter meiner Haut. Ich legte die Hand auf die Lehne des Stuhls. Es war zu früh, den Verstand zu verlieren. Der Hermesbote stieg herauf, sein Schritt hatte sich verlangsamt. Die Gnade der Erwartung wurde mir weidlich zuteil. Dies kann man täglich haben in Häusern, denen der Denkmalschutz einen Lift verweigert.

Der Schritt im Treppenhaus hörte sich mehr und mehr nach einem Fünf-Kilo-Paket an. Für mich? Ich hatte gerade vergessen, daß ich ein Paket erwarte. Meine Hände klammerten sich an die Stuhllehne. Ich hatte mit einemmal auch vergessen, welcher Tag war, welche Jahreszeit – gleich würde ich vergessen, wer ich bin! Die Erwartung ergriff von mir Besitz als etwas Natürliches von Anbeginn, als etwas Elementares wie das Atmen: sie schenkt Leben und erhält es. Ja, sie war mir vertraut vom ersten Atemzug an. Einst erfüllte sie mich bis in die Fingerspitzen, bis in die Fußzehen, bis in die Haarwurzeln. Als seien Dämme gebrochen, kehrte sie nun jäh aus einem Versteck in mich zurück. Ich stand wie angewurzelt, die Tür einen Spaltbreit offen. Ein Haus ohne Lift hätte keinerlei Vorteil, wenn seinen oberen Bewohnern die Erwartung abhanden gekommen wäre.

Der Hermesbote machte eine Pause. Ich schloß die Augen; ah – er schenkt mir eine Frist! Entweder das Paket hat Übergewicht, und er muß verschnaufen, oder aber – er weiß. Er weiß! Jene Erwartung, die sich jetzt so unverhofft zu erkennen gab, zielt nicht auf rasche Erfüllung. Sie verlangt Zeit, Zeit, um sich ihrer selbst gewahr zu werden. Diese Zeit gab er mir, mein Hermesbote. Mit beiden Händen, schwankend, hielt ich mich an der Lehne des Stuhls fest. Der rauschende Strom in meinen Gliedern hatte etwas absolut Zielgerichtetes. Jemand schien mich wieder zu beobachten, warm, mitfühlend. Ich war nahe daran, diesen Jemand anzusprechen, zu gestehen: Ich habe mein gesamtes Leben in Erwartung verbracht!

Ich wandte mich vorsichtig um. Ich nahm etwas wahr; aber nichts war zu sehen, eher zu fühlen, mehr Dichte. Als sei der Raum gefüllt; ich war nicht allein! Es erschien mir im Moment weder notwendig noch möglich, daß ich mich bewegte. Es gab keine Frage mehr. Ich erinnerte mich:

Ich wollte die Welt werden, das All, der Traum, das Unendliche, ohne es vorher verstehen zu müssen. Ein sanfter Wind schlang sich blitzschnell um meinen Körper und entwich nach oben. Im selben Moment hörte ich die einzige durchgetretene Stufe am letzten Absatz im Treppenhaus knarren; mein Hermesbote war auf dem Weg, wer weiß, wie lange er verschnauft hatte. Ich mußte Werte von schwerem Gewicht vermuten! Die Erwartung hingegen hat natürlich kein Gewicht, sie ist ein Beiwerk der Liebe, wie die Vorfreude, die Tagträume. Wie ich da stand, hatte ich den Eindruck, die Dinge um mich hätten sich neu, in einer ungewohnten Beziehung zueinander angeordnet. Ich ließ es dabei bewenden. Die gesammelte Fülle meiner Erwartung brachte ich jetzt dem langsamen, vielleicht übergewichtigen Hermesboten entgegen.

In dem Moment, da in der letzten Treppenwendelung sein Kopfhaar erschien, wurde es heller. Irrte ich mich – ein diffuses Leuchten entstieg dem Schacht des Treppenhauses. Gleichzeitig erfaßte mich eine leichte Ermattung. Ich wich einen Schritt von der halbgeöffneten Tür zurück. Ich hörte ihn tief atmen, in meinen Gliedern rauschte es, aber meine Besorgnis ob meines Zustands hatte sich in die Umgebung hin aufgelöst. Nicht nur ich, alles schien mir nun von etwas Wellenartigem durchströmt. Ich entglitt mir.

Der Bote fand mich gefaßt vor; er war mir tatsächlich wieder unbekannt. Offensichtlich entstammte er einem fremden Kulturkreis; mich ergriff seine Schönheit, ohne daß dieser Begriff mir in den Sinn kam. Sie zeigte sich dem Mann übergeordnet, so als sei er sich selbst überlegen, ohne davon zu wissen. Davon abgesehen zeugte seine nicht sehr große, jünglingshafte Erscheinung von bewußter Sorgfalt. Zu meiner Überraschung trug er nur ein recht kleines Paket vor sich her. Er setzte es behutsam vor der Tür ab, knapp und mit Würde grüßend. Fragend nannte er meinen Namen. Ich erwiderte, ich wisse nicht – er sah mich an. Ich erwarte kein Paket, erklärte ich, erneut schwindelig. Er schaute kurz und konzentriert nach den Daten auf seinem Display. Doch, antwortete er ruhig und sah mir in die Augen, Sie erwarten ein Paket. Aber – wagte ich einen nochmaligen Einwand, spürte aber schon eine unerklärliche Schwäche. Er sah mich weiter an, ohne zu beharren, es erübrigte sich. Seine strenge Schönheit erhellte das Treppenhaus. Schweigend reichte er mir das Paket, es lag in meiner Hand wie eine Nuß, es hatte kein Gewicht. Und wie, fragte ich bang, darf ich Sie ansprechen – die eigene Stimme klang mir fremd. Er sah mich an, der Schimmer eines warmen Lächelns erschien in seinen dunklen Augen. Gleichzeitig war mir, als würde seine ganze Gestalt durchsichtig.

Ich blieb zurück im Anblick der Raben im Geäst. Sie waren uralt, ihr Federkleid von schwarzblauem Glanz, ihre Augen geschlossen. Sie träumten seit Jahrhunderten so vor sich hin. Die Zeit, sie kreiste ganz langsam gleich einem Spiralnebel um ihre reglosen Körper.

Vier

Schon seit längerem lebe ich ohne Paket.
Man fällt im Leben unversehens in Perioden der Leere. Ich mache mir dann keine Vorstellungen von so einem Paket, ich vermeide jeden Gedanken daran. Ich versuche es zu vergessen. Eine erinnerte äußere Form, mögliche Abmessungen erzeugen in mir keine Spannung. Der Absender wäre mir gleichgültig, jeglicher denkbare Inhalt löste keine Neugier in mir aus. Ich halte das geheim. Wenn das jemand erführe, bekäme ich nie wieder ein Paket. Das darf unter keinen Umständen jemand erfahren.

Denn sobald ein Paket kommt, so ist dieses Ereignis für mich der Höhepunkt, nicht etwa des Tages, nein, es ist der Höhepunkt nach Wochen, nach Monaten, nach einer schier endlosen Periode, in der ich ohne Paket war: eine Zeit für nichts, ohne Sinn, vergeudete Lebenszeit. Ich weiß eins, daß ich eine solche Zeit nicht freiwillig erleben möchte.

Ich habe das nicht immer selbst in der Hand, obwohl ich es mir vornehme. Es steht nicht in meiner selbstbewußten Macht, daß oben auf dem Schrank stets ein Paket liegt, so wie es in der Kindheit vor großen Festen üblich war, wenn sieben Pakete auf den Feiertag ihrer Eröffnung harrten, über viele Nächte der Erwartung hin. All diese frühen Nächte und Tage ergaben zusammen eine unbezifferbare

Zeit, Jahre, Jahrzehnte, durch die hindurch ein kurzer Blick nach oben aus jeder glücklosen Lebenslage erlöste. Die Vorfreude durchleuchtete mich sanft und feindosiert aus einer unsichtbaren Quelle heraus.

Seitdem werfe ich ein Paket, das mir zugedacht ist, unbesehen sogleich auf den Schrank und ersticke meine Neugier, ich interessiere mich nicht mehr dafür. Alles ist gut, denn es ist bei mir, es enthält alles mögliche, und es liegt dort für immer. Nur wenn es geschieht, daß ich die Macht über mich selbst verliere – durch Verzweiflung, also Zweifel, Zweifel am Ganzen und Großen, am Überhaupt und Eigentlich, an Anfang und Ende, an nichts und allem –, wenn ich also die Macht über mich selbst verloren habe und drohe, gleich mich selbst zu verlieren, in diesem Augenblick meiner Widerstandslosigkeit gegenüber den Anziehungskräften des Abgrunds, in einem solchen Moment passiert es, daß ich das Paket mit einem Sprung letzter Kraft vom Schrank herunterstoße und aufreiße. Es ist eine Szene aus der Natur: uralte Reflexe sind aktiviert und beherrschen von jetzt auf gleich alle Feinheiten, für deren Kultivierung es Jahrtausende gebraucht hat – zu wenig offenbar. Die Beute ist gerissen, das Blut träuft, Eingeweide hängen heraus. Ich erkenne nichts; ich sehe nur eins: Das Paket auf dem Schrank ist verschwunden, es ist vernichtet.

Für eine winzige Zeiteinheit des Trostes. Sie ist nicht meßbar. Und schon vorbei. Der Abgrund, vor dem es mich retten sollte, jetzt hat er sich aufgetan: Ich schaue ins Leere, denn ich bin des Möglichen beraubt. Das grenzenlose Potential ist aus meinem Leben verschwunden. Von der Zukunft ist nichts übrig geblieben als ein Plan, von der Liebe nichts als ein Versprechen, von der Vorfreude ein Schlucken. Jetzt, da ich ohne Erwartung bin.

Fünf

In der zweiten Tageshälfte hatte ich die Gefahr erkannt, die darin lag, mir Fragen über meine Lage im großen und ganzen zu stellen. Das Philosophieren schwächt in Notfällen. Ich mußte es unterbinden, ich zwang mich zur Konzentration auf Gegenständliches. Ich rief mich auf, den Blick eines Ingenieurs auf diese Welt zu richten, um sie in Schach zu halten. Darin war ich nicht geübt, doch unter Druck steht plötzlich genau der Mensch zur Verfügung, der man auch hätte werden können. Das verdrehte mir kurz ein wenig den Kopf vor Überraschung. Ich lachte.

Mein Körper indes gab Zeichen von Übermüdung nach der beunruhigenden Nacht. Bald aber fand er, als er die tiefste Erschöpfung erreicht hatte, einen Weg der Kompensation. In gewissen Abständen, stundenweise, schien er jetzt nur noch die Notaggregate in Betrieb zu halten. Der Strom lief jetzt als Hintergrundgeräusch durch meine Zellen, als eine Vibration am Grund. Mein Bewußtsein hatte sich aus dem Kopf in den ganzen Körper verteilt, offenbar, um ihn zu inspizieren. Ich wußte nicht sicher, wo es sich aufhielt. Ich verrichtete Handgriffe und Wege im halbwachen Zustand. Nach Mittag bereits geschah es, daß ich im Gehen schlief.

Es war einfacher, als ich es mir hätte vorstellen können. Die Steuerung funktionierte ohne Zwischenfälle, mein

Gehirn hatte sämtliche Alltagsverrichtungen im Haus fehlerlos gespeichert. Weder stieß ich in meinem Wachschlaf gegen ein Möbelstück, noch fielen Gegenstände zu Boden. Auch war ich nicht im Zweifel, was gerade zu tun war. Im Menschen befindet sich offenbar ein Reservoir an Vergangenheit, aus dem heraus er sich in der Gegenwart spielend zurechtfindet, ohne sie zur Kenntnis nehmen zu müssen. Die Gegenwart war im Moment ganz umsonst um mich herum aufgebaut, welch ein Aufwand! Ich bemerkte sie nicht, wer weiß, wie lange schon! Die Routine vermag das Leben zu ersetzen, ohne daß wir das wahrnehmen.

Mir fiel nun auf, wie ich durch plötzlichen Gegenwartsentzug in ein Vakuum eintrat, ja geradezu mit Druck hineingepreßt wurde: Die Dinge waren da, doch lediglich als Abbilder des Lebens, das sie früher mit mir geführt hatten. Ich bewegte mich in einer Ausstellung meiner Vergangenheit. Was war zu tun? Ich suchte also nicht länger nach Sachen, die ich ohnehin nicht hätte ergreifen und in Sicherheit bringen können, sollte meine Lage mir ausweglos erscheinen. Wie der Rabe im Baum ließ ich zu, daß die Welt sich nach ihrem Gesetz drehte. Ich erhob keinen Einspruch. Ich widersprach nicht mehr, das hätte mich kürzlich noch meiner Selbstachtung beraubt.

Der Schlaf mit offenen Augen wurde mir innerhalb der nächsten Stunden vertraut, ja natürlich, so daß ich ihn willkommen hieß, kaum kündigte er sich, als wolle er sich stufenweise vertiefen, mit diesem leichten Schwindelgefühl an; ich stand im Ungewissen. Ich wankte ein wenig, versuchte ein Lächeln. Da mir niemand ansah, was sich in mir abspielte, erwog ich einen Ausflug. Hing es doch einzig von meiner Selbstbeherrschung ab, die Treppe hinabzusteigen und einen Gang ins Freie ohne Zwischenfall zu absolvieren. Das rückwärtige Viertel ist mir in seiner prachtvoll renovierten Gestalt nun schon seit dreißig Jahren bekannt, die Russen sind fort, die Tschuwaschen, Abchasen, Kirgisen und Turkmenen. Sie haben nichts hinterlassen, über das man fallen könnte. Ich konnte meine Geistesgegenwart also auch hier vorübergehend ruhen lassen, ich benutze sie wahrscheinlich seit langem nicht mehr, da ich alles hier kenne. So gut, daß ich es schon nicht mehr sehe.

So kam es, daß ich die sichtbare Welt als überflüssig ansah. Ich hatte mich ergeben. Der Lebensfluß hat seine Wendung längst genommen, wenn wir nicht weiterwissen. Es gibt keine Unterbrechung des Stroms. Er fließt gegenwärtig so schnell, daß die Gegend unscharf wird. Solange der Mensch jedoch, sagte ich mir tapfer, in dieser Gegend unterwegs ist, wird alles seine Bewandtnis haben. Es war der erste Tag des Jahres, er besaß keine Ähnlichkeit mit einem einzigen meiner Lebenstage, von denen bisher jeder einen Anfang und ein Ende hatte. Die Elefanten trompeteten zur vollen Stunde, ich stieg die Treppe abwärts.

Es trieb mich die rückwärtige Straße entlang. Es war dunkel, große Schneeflocken streiften die Häuser, der Polsprung war noch immer ausgeblieben. Aufgeschoben ist nicht aufgehoben. Durch den nächtlichen Schnee kam ich voran, es war, als folgten mir lautlos die Krähen, ihre Schatten taumelten um meinen Kopf.

Gleich ist es Mitternacht. Der Mond steht über dem Bahnhofsgelände und bescheint die Gerätewelt. Die Kesselwaggons dampfen; sie reihen sich in zwei langen Bögen. In ihre Öffnungen hängen Schläuche, durch die heiße Flüssigkeit in sie hineinläuft, die Säuren und Krusten ablöst und auf der Erde Schlammlachen anschwemmt. Jemand schlägt mit einer Stange gegen den Kessel oder den Unterbau, weiter in der Ferne wiederholt es sich und noch einmal weiter gen Norden, schon sehr weit weg. Die Krähen sitzen auf den Leitungsdrähten. Die Neugeborenen bewegen sich im Schlaf. Der Soldat patrouilliert vor der Kommandantura. Er läuft unter dem Lichtkegel der Straßenlaterne; er hat ein junges Gesicht, glatt und rund. Ohne sich aufzurichten, macht er kehrt und geht zum

Ausgangspunkt zurück und zwanzig Meter weiter bis zum Eingang des Russenmagazins, wo die Schaumgebäckstükke im Fenster liegen, hart wie Attrappen und rosengrau im Dunkeln. Das Schlagen der Kesselwaggons wird wieder stärker.

Das hätte ich mir in meinen Alpträumen nicht ausgemalt, wie es sein wird, wenn ich eines Morgens aufwache, aus dem Fenster schaue, hinunter auf die Fabrikhallendächer, die Schornsteine und Kabelbäume, die Laderampen und Lagerschuppen, auf das Weichendrehkreuz und die liegengelassenen Ölkannen, auf die verlorene Putzwolle, und das alles steht in einer fremden Welt.

War ich es, die hier stand – auf dem Plateau der Zeit, auf dem jetzt alles ausgebreitet schien, das Gestern, das Heute, das Morgen sich ohne Innehalten ineinanderschlangen, im Tanz der Dinge und der Taten, der Gedanken, Gefühle und Gedichte.

Die Russen sind fort! Gestern noch ging ich die rückwärtige Straße entlang, unter den vier Balsampappeln, bei den brennenden Müllcontainern, aus einem Kellerfenster herauf kam Estradenmusik.
Da sind sie! dachte ich. Im Mai lagen ihre Koffer noch auf den Eichenschränken aus den vierziger Jahren, und

über die gelben Lampen aus Porzellan liefen seitdem die Fliegen. Sie bleiben? dachte ich. Die Magnolie vor der alternden Villa des Schokoladenfabrikanten fing an zu blühen, aus der Stolowaja im Erdgeschoß dampfte der Brodem, der Koch wand sich durch das Gartengestrüpp, Oksana drehte gelangweilt ihre georgischen Augen nach oben, die gewaltigen bunten Generäle schepperten mit Messern und Gabeln in den Hinterzimmern, Ludmilla verfing sich beim Servieren in der Gardine, ich riß einen Brief auf von Toma aus Sibirien, Klawdija, die Schwere, Weißliche mit den Haaren an den Beinen, schöpfte Grütze aus dem Trog, Genossin, Schwester, Liebste, Schönste, schrieb Toma mit lila Tinte, Oksanas Finger spielten mit den Holzkugeln der Rechenmaschine, Schweißperlen glänzten auf dem ein wenig weiblichen Rücken des Kochs, er pfiff durch die Zähne, eine Kompanie Niederer taumelte herein, ihre tschuwaschischen, kirgisischen, abchasischen, turkmenischen Kindergesichter sanken über die Teller. Fort sind sie! Nur der Soldat patrouilliert vor der Kommandantura. Es ist eine himmelblaue Villa, der Aufgang flankiert von zwei roten Papierkörben aus Plastik, der Garten umfaßt von einer übermannshohen Wellblechwand. Wie der abnehmende Mond steht ein Stück des Riesenteleskops über dem Rand. Die Stirn des Kommandanten gleitet am Fenster vorbei.

Als ich das Licht der Welt erblickte, waren sie schon da: kleine Mädchen mit großen roten Seidenschleifen hinter den Ohren. Nur in Grüppchen erschienen sie hinter den beflaggten Brettertoren und hielten ihre geschmückten Köpfe erhoben. Ich sehnte mich nach einem einzelnen, nach seinen fremden Kinderlauten, die weich und bestimmt klangen. Eben noch habe ich von meinem Spiel aufgeblickt, um mich nach ihnen umzudrehen, und schon sind sie fort.

Ich sah an mir herunter. Zwar trug ich der Jahreszeit entsprechendes festes Schuhwerk, dennoch entging mir nicht, daß sich in seinen Hohlräumen etwas abspielte: meine Zehen spielten. Ich schritt beherzt voran, ich kam mir vervollständigt vor. Auch unter meiner Kopfbedekkung regten sich die Haarwurzeln. Als sei mein Körper dabei, von der Peripherie her wach zu werden. Mein Körper nahm an Stellen mit der Umgebung Kontakt auf, die mir bisher dafür gar nicht bestimmt schienen. Wenngleich ich im Gehen schlief, wurde ich doch auf eine überraschende, ungewohnte Weise immer aufgeweckter. Auch wenn ich die Gegend, die ich durchquerte, kaum noch sah, so aktivierten sich doch inwendig völlig neue Sinne. Über der Aufregung, in die ich dadurch geriet, verlor ich meine Krankheit stundenweise aus den Augen, noch ehe ich sie einer anderen Person gegenüber als solche hätte bezeichnen müssen. Denn dies ließ sich nicht vermeiden, sobald ich mich jemandem anvertrauen würde. Dieser Zeitpunkt rückte zwangsläufig näher.

Die Villa des Schokoladenfabrikanten ließ ich links liegen, ich steuerte auf die Kommandantura zu, ein winziger Erdtrabant zog zielstrebig über mir zwischen den Sternen hindurch, es handelte sich um einen der ersten künstlichen Himmelskörper; ich sah jetzt auf kosmische Distanzen scharf wie ein Adler. Doch je länger ich ihn verfolgte, desto mehr fühlte ich dort oben auf einmal meinen eigenen Körper dahinziehen, in langsamen spiralförmigen Drehungen um sich selbst, unterwegs in einem unergründlichen, fremden und gleichzeitig vertrauten Zuhause.

Ich rührte mich nicht, ich hielt den Atem an – so geht es mit den schönsten Augenblicken. Da stand ich, vor mir die Kommandantura leuchtete himmelblau, der Eingang flankiert von zwei haushohen Fahnenmasten, das Fahnentuch hing eingerollt mangels Luftbewegung, ich blickte hinauf. Ein Ruf löste sich von meinen Lippen, ein tiefer Atemstoß: Genossin, Schwester, Liebste, Schönste!

Der Kommandant erschien in der Tür.
Da sind sie! entfuhr es mir.
Er sprach mich russisch an, ich antwortete fließend. Wir

hatten ein kurzes Gespräch, es wirkte vertraulich. Ich erinnerte ihn an mein Leben, er winkte ab.

Wie weiter, warf ich ein.

Es war keine Frage, ich breitete die Arme aus, es war ein Standpunkt.

Weiter hinten, sagte der Kommandant, ist das gleiche wie weiter vorn, weiter rechts ist das gleiche wie weiter links. Weiter unten befinden sich noch immer die Keller mit den Opfern der Geschichte. Weiter oben kreist das Weltraumhündchen Laika. Es ist unsterblich.

Es heißt, ihr Tod wurde einkalkuliert und geheimgehalten, widersprach ich empört, Millionen haben ihr Bild gesehen, Laika war grau und weiß gefleckt, sie kam von der Straße, man konnte ihr nichts vormachen!

Nein, sagte er, man konnte ihr nichts vormachen. Das war die Bedingung, zusammen mit ihrem Ruhepuls unter Druck und Enge.

Aber noch in der Kapsel machte sie einen wißbegierigen Eindruck! Es war unübersehbar Vorfreude, mit der sie in die Zukunft flog. Sie wurde dem Fortschritt geopfert!

Ein toter Hund am Himmel – das sind irdische Vorstellungen. Laika war nie tot, aber machen Sie das hier mal jemandem klar. Diese Dinge brauchen Zeit.

Ich schrieb einst Briefe an ein kleines russisches Mädchen, wir hatten uns beide in Laika verliebt, ich schrieb ihr mein erstes Gedicht! Leider ist es verlorengegangen –

Alles registriert, fiel er mir ins Wort, es gibt nichts, was keinen Abdruck hinterläßt. Dazu mußten die neuen Technologien nicht erfunden werden. Es gab nie etwas ohne Abdruck. Die Menschheitsgeschichte ist bis auf die Quantenebene dokumentiert. Nichts geht verloren. Nicht Laika, die Briefe, das erste Gedicht an den ersten Weltraumhund, die erste Liebe …

Gagarin! rief ich aufgelöst, wir erkannten sein Gesicht am Himmel!

Ruhepuls 64, noch beim Start!

Er hätte keine Triebwerke gebraucht, sein Leuchten war überirdisch, er war die Liebe selbst – vielleicht sollte er diese Welt retten?

Sehen Sie, jetzt wissen Sie es!

Wer sind Sie?

Ich habe die Militärakademie absolviert, es war ein Basisstudium, um diese Welt zu verstehen. Ich verfolgte von Jugend an sehr weitgesteckte Ziele, sie reichten über meine vermutbare Lebensspanne hinaus. Ich war hier einst stationiert, aber die Russen sind fort.

Sind Sie der letzte Russe?

Ich bin der Abdruck, nur Sie sehen mich jetzt. Denn Sie sehen im Moment, was andere nicht sehen. Nur für Sie bin ich extra in Uniform erschienen, Verehrteste, aber ich kann nicht lange bleiben. Haben Sie irgendwelche Fragen?

Was geschieht hier gerade – ist das Fiktion?
Ich bitte Sie, nur weil ich Sie mit meinem Erscheinen überrascht habe, müssen Sie nicht gleich vergessen, was Sie längst verstanden haben. Es gibt keine Fiktion.
Dann gibt es auch keine Realität?
Im Prinzip nein.
Aber – der Mensch?
Aber der Mensch braucht Orientierung, die Koordinaten müssen aufrechterhalten werden, eine Bühne, auf der die ganze Geschichte hier spielt.
Sie meinen das Leben?
Richtig, ich meine das Leben. Nur eine Spielart des Möglichen, es gibt unendlich viele. Direkt neben Ihnen, Sie sehen sie grad nicht. Ahnte der Mensch, in welcher Geschichte sein Leben spielt und in wie vielen Leben seine Geschichte – er könnte nachts kein Auge zumachen.
Ihnen kann ich es ja sagen – ich mache nachts kein Auge zu!
Da sehen Sie, es gibt mehr zu sehen, als Sie denken!
Ich kann nicht mehr sehen, auch nicht mehr denken, Unendlichkeit schön und gut, aber der Mensch hat Grenzen, wer weiß schon, wie weiter? Keiner weiß weiter!
Der eine setzt keinen Fuß vor die Tür, der andere rennt alle Türen ein, die Menschen sind verschieden. Wie sie reagieren werden, wenn sie es erfahren, wer sie sind, und wo sie sich eigentlich befinden, das ist völlig unvorhersagbar.

Wovon reden Sie – soll das eine militärische Übung werden?
Verachten Sie das Militär nicht, es bildet diese Welt ab, sie schießt gerade steil nach oben auf den Absturz zu. Aber regen Sie sich nicht auf, es ist nichts in der Art geplant.
Geplant? Was heißt denn geplant? Handelt es sich um ein Experiment?
Nennen Sie es doch Exerzitie!
Ich habe es geahnt, eine Gleichgewichtsübung, oder?
Na sehen Sie, Sie sind ganz nahe dran.
Aber das kippt. Jetzt kippt es.
Na endlich!
Das sagen Sie so.
Keine Angst!
Und der Polsprung?
Nichts anderes als eine Gleichgewichtsübung! Der Artist kennt keine Trennung, anfangs sieht er das Seil und fühlt die Welt. In der Mitte fühlt er sich samt Seil in der Welt. Nur deshalb gelangt er auf die andere Seite. Sie haben es fast geschafft. Stehen Sie frei auf dem Seil! Werfen Sie Ballast ab! Was wollen Sie bei sich haben in Zukunft?
Die Welt, den Traum, das Unendliche, rufe ich trunken, den Sternwärter, die Vorfreude, Brüderlein und einen kleinen Elefanten – halt: das Gedicht!
Packen Sie Ihre Siebensachen, die Zukunft wird im Gegensatz zu dem hier eine Leichtigkeit sein!

Ich habe ein Paket bekommen, fiel mir ein, es wiegt nichts. Das ideale Reisegepäck!
Sie bleiben? entfuhr es mir.
Ich bin der Kommandant, lächelte er und verschwand, wie er erschienen war.

Ich stand im Dunkeln. Das rückwärtige Viertel leuchtete in der Nacht, aus der Stolowaja dampfte ein Rest Brodem, der Koch wand sich durch das Gartengestrüpp, la table de la poétesse! rief leise der Koch. Es begann wieder zu schneien, große selbstbewußte, gedankenlose Flocken, vorne und hinten, oben und unten, ein Schweben, Wirbeln und Jagen, ein Spiegeln und Tanzen. Ein Sternschnuppenstrom aus Schneekristallen hatte mich erfaßt und riß mich fort, ich ließ mich reißen, ich gab allen Widerstand auf, meine Gedanken flogen ins Nichts, ich ergriff meine Siebensachen, die Gewißheit natürlicher Bestimmung, wie sie in Träumen auftritt, erfüllte mich, von den heiteren Schatten meiner Rabenvögel umflogen.

Sechs

1 Genossin, Schwester – wann hat das angefangen,
ich meine mit ihr und mir, mit uns beiden?
Es muß sehr früh gewesen sein, vor dem Aufstehn,
zwischen vier und fünf an sechs Wochentagen.
Danach kam eine Pause. Aber es war schon geschehn.
Es muß Liebe im Schlaf gewesen sein.

Sie war hellwach, klein, bisweilen mager,
von leidenschaftlicher Energie, sie brauchte keinen Anlauf.
Sie verließ mich gegen fünf, lautlos, sie verschwand einfach
im kalten Frühnebel auf dem Weg nach Schacht neun.

Ich war ihr Kind über eine Generation hinweg,
aber aus großer Höhe gesehn waren wir Schwestern,
kleine Kameraden, das ist eins.
Wir hatten uns gefunden, und seitdem sie mich verließ,
für immer oder zum Schein – das ist eins –
laufe ich ihr an jeder Ecke in die Arme.

Ich erkenne sie an ihren Handgelenken:
die einer Zwölfjährigen, eigenwillig, knochig,

mit der Kraft der blonden Kesselwärterin, die weiß,
wo der letzte Hebel ist in der letzten Sekunde
vor dem schlimmsten Fall. Und wer sie wirklich ist.

Vor den raumfüllenden Überwachungsmonitoren
wechseln Ingenieure die Schicht heute im gleichen Rhythmus.
Sie hätte zu ihnen aufgeblickt, für alle Fälle,
schon wegen der Krawatte; Obrigkeiten gab es immer.
Sie räumte ohne Aufhebens weg, was im Weg lag,
liegengelassene Ölkannen, verlorene Putzwolle.

Nichts ist vergessen, nicht die Kabelbäume, die Rangierzüge,
das Erzgebirge meines Vaters, Knöpfe seiner Uniform,
nicht die vergitterte Birne über den Bunkeröffnungen,
die langwehenden Rußflaggen, das Kantinenessen
und der Mut, dies alles Gegenwart zu nennen,
der eine leuchtende Zukunft folgt.

Ich stamme aus dem letzten Jahrhundert,
dem Endzeitalter der Gerätewelt.
Die Gegenwart großer hallender Gegenstände,
die schwer zu bewegen sind, ist mir vertraut,
die gefüllt und geleert wurden.
Diese zwei unverkennbaren Geräusche reichten
und das kraftvolle Seufzen meiner Großmutter,
und ich wußte, daß alles lebt.

2 Ein kompaktes umgreifbares Ding, liegt es im Areal des letzten Jahrhunderts, mit seinen drei Großbuchstaben auf einem Pappschild, angebunden mit einem Bindfaden, inmitten der Relikte unvollendeter, abgerissener Bauwerke, die auf ihre Untersuchung warten.

Allen Vergangenheiten ist gemeinsam: sie sind abgeschlossen.
Man kann auf sie einreden, einschlagen, sie rühren sich nicht.
Jetzt erst kann man sie sehen.

In verwischten Gesten, wenn jemand winkt nach anderen
und weiß, da sind andere, und sie sind wirklich da.
War das nur Einbildung?
Auch Einbildungen erschaffen Wirklichkeit.

Ebenso wie das Betrachten freie Wirklichkeiten erschafft,
die mit dem Angeschauten kaum verwandt sind.

Die Nachgeborenen haben ihr Recht auf Unbefangenheit,
eine lebendige junge Unbefangenheit kommt der Sache näher
als eine für die Ewigkeit erschaffene Doktrin; alles will atmen

In Archiven lagern Wimpelketten, die Holzfüße meines Sofas,
Requisiten einer vierzigjährigen Aufführung, Hämmer,
Sicheln und ein Gestus, der von sich selbst nichts weiß,
etwas Absichtsloses, Argloses, ein Zutrauen zu etwas.
Vielleicht nur zu sich selbst, ein Pionierehrenwort.

Nichts Totes widersteht, vom Lebendigen betrachtet.
In der Unbefangenheit des Anfangs ist alles eins.

Der Stein liegt da; etwas hält mich zurück, ihn zu berühren.
Meine Hände: irgendwie grob, schwach oder schwer.

Wenn ich ihn lange betrachte,
nehme ich ein fluoreszierendes Feld wahr.

Vielleicht ist dies alles, was erkannt werden kann.
Vielleicht ist es überhaupt alles, was bleibt von uns.

Nur im Strom beginnen Steine zu schweben, im Druck
der Fluten scheinen sie zum Leben zu erwachen, seltsam
anmutig und groß.

Inzwischen ruht er da, nachsichtig, frei von Ungeduld,
mit seinem Pappschild, dem Bindfaden,
der aus dem Schubfach meiner Großmutter stammt,
wo sie die aufgebügelten Geschenkbändchen sammelte.

3 Früher besuchte ich die Tiere einmal im Jahr.
Immer dann, wenn ich etwas nicht verstehen konnte.
Einmal im Jahr verlor ich gewisse Zusammenhänge,
so wurde ich daran erinnert, daß etwas nicht stimmt.
In den Achtzigern kehrte es hartnäckig als Aufgabe wieder,
in den Neunzigern hatte es zugenommen,
seit dem Großen Jahreswechsel trat es immer häufiger auf.
Ich hatte den Punkt der allumfassenden Verständnislosigkeit erreicht.
Dieser Punkt ist zu erreichen.

Meine Elefanten trompeten immer zur vollen Stunde.
Sie haben zuviel Kraft, um ratlos sein zu dürfen.
Vor ihnen der Elefantenwärter: den Rücken zur Wand.
Ich betrachte sie am Tage von meinem Fenster
aus sicherem Abstand, schon drei Jahrzehnte,
ohne den Mut zu einem Gefühl.
Ihre Augen, seltsam grau und leer,
in die Masse des Leibes wie achtlos eingelassen.
Ich würde ihrem Blick nicht standhalten.
In dreißig Jahren sind wir uns kein Stück näher gekommen.

Meine kleine Schildkröte: ein Elefant,
der in eine Schachtel paßt. Mit Leichtigkeit
wird sie ihn überdauern, von mir ganz zu schweigen.
Das Ungelenke ihrer Präsenz gibt Rätsel auf,
als arbeite sie sich schwer durch die Wirklichkeit,
ein Aufwand, dem die Natur die Existenz nicht unterwirft.
Wurde sie im falschen Körper geboren?
Lehrt sie uns, im Gegebenen zu leben,
ohne Widerspruch, Gedanken an Aufruhr, Revolution?
Und daß nur damit Langlebigkeit zu gewinnen ist?
Oder zeigt ihr linkisches Dasein auf das Rätsel selbst,
das ebenso unanfechtbar in der Gegend steht.
Und worin bestand eigentlich ihr Liebreiz,
dem ich erlegen bin? In diesem Rätsel?
Oder im Abdruck ihres Kiefers auf einem Spitzwegerichblatt?

Der Brillenbär, er wurde in der Zeitung abgebildet.
Es fehle ihm Durchsetzungskraft, er bewege sich unauffällig.
Ich kenne jede seiner kleinsten Bewegungen:
Er eilt einer bestimmten Stelle zu,
wo ihm jedesmal einfällt, daß er an einer anderen
etwas vergessen hat, worauf er kehrtmacht, um es zu holen.
Ist er am Ziel, fällt ihm ein, er hat dort, woher er kam,
wieder etwas vergessen, was ihn veranlaßt umzukehren.
Wiederum am Ziel, erinnert er sich des Vergessenen,
er kehrt sofort um.

Ich wünschte, er könnte das lebensgroße Porträt sehen,
das in meinem Innenraum hängt: Balu!
Doch Brillenbär Balu ist blind.

Meine Taube war jung, ihre Flügelspanne weit,
und jenes prächtige alte Gebäude, seine Fassade
leicht gewölbt vom langen Atmen,
es schien sich selbst überlassen nach dreihundert Jahren.
Man dachte vielleicht gerade über Restaurierung nach
oder Abbruch. Es war leer von Menschen für kurze Zeit,
lang genug für den Eroberungsgeist der Natur.

Meine Taube, so jung, voller Neugier,
ihr Auffliegen: rhythmische Eruptionen der Vorfreude
aus dem gläsernen Schacht eines Doppelfensters.
Als ich sie erblickte, hielt sie einen Moment inne –
auch ich hielt inne auf der anderen Seite der Straße.
Die Ampel zeigte Rot, der letzte Weltgipfel war einberufen,
gestern oder vor dreihundert Jahren, oder
wie immer sie sich nennt, die immerwährende Gegenwart.

Ich sehe sie manchmal, kurz vor dem Einschlafen,
ihr blaßviolettes Gefieder, den perlmuttfarbenen Halsring,
die dunkel glänzenden, jungfräulichen Augen.
Sie hat sich überhaupt nicht verändert.
Manchmal scheint mir, sie sei noch schöner geworden.

Ihr Blick: so sanft auf mich gerichtet
aus dem Glasschacht ihres Doppelfensters.
In großen Abständen versucht sie einen Flügelschlag,
als hätten wir dieses Zeichen vereinbart.

Noch immer besuche ich die Tiere einmal im Jahr.
Ich glaube immer noch an eine Art Vorwärts,
an das Schöne, und falls das Gute nicht siegt:
Es siegt mit Sicherheit das Wahre.

Meine verlorenen Zusammenhänge, ich fand sie wieder,
unsichtbare Fäden, Dendriten aus hochbelastbarem Stoff,
unzerreißbare Zusammenhänge scheinbar.
Oder anscheinend.

Ich beobachte die Tiere neuerdings wie jemand,
der hier fremd ist.
Ich schaue sie an wie ein Tier,
das zögernd seine wasserblauen Augen auf mich richtet.

4 Die Schönheit ist das Maß aller Dinge.
Die Schönheit war vor den Menschen da.
Sie bedarf keines Betrachters,
denn sie liegt nicht im Auge des Betrachters.

Der Mensch schließt die Augen, die Schönheit ist noch da.
Woher will er das wissen?
(Der Mensch kann viel behaupten, wenn der Tag lang ist.)
Nachts zum Beispiel ist er von der Schönheit auch nicht verlassen.
Egal ob er allein schläft, zu zweit oder zu dritt.
Das ist der Schönheit völlig gleichgültig.
Er kann auch mit entsicherter Waffe in einem Heerlager schlafen.
Oder an einem Strand angespült,
unter dem Sternbild des Großen Wagens.
Er kann sich anstellen, wie er will, über ihm bleibt es schön.

Die Schönheit ist das einzige, was nicht vergeht.
Wenn nicht einmal Schönheit vergeht, dann vergeht überhaupt nichts.

Ohne Liebe existiert keinerlei Schönheit.
Wer etwas ablehnt und es schön findet, liebt es bereits.
Er sollte auf sich achtgeben.
Vielleicht ist er verloren und weiß es noch nicht.

Denn das Schöne ist nichts als des Schrecklichen Anfang.

Da muß jetzt niemand einen Schreck kriegen.
Das Schreckliche ist uns ja vertraut,
viel mehr als das Schöne.

Und das ist der Anfang des Schrecklichen.

5 Nach dem Kuß schrieb ich siebenunddreißig Stifte
zu Stümpfen, einhundert Briefe schrieb ich dem Römer,
dem ersten Mann, der mich küßte.
In dem Jahr, als die alte Karbolfabrik explodierte.

Allnächtlich war ich ihm begegnet, balancierend
auf einer Bordsteinkante schwankten wir aufeinander zu.
Tief unten: das Meer nahe Rom, dem Schulbuch entnommen.
Immer trug ich ein Hochzeitskleid mit weißem Bubikragen,
wahrscheinlich wollte ich vorsichtshalber noch ein Kind sein.

Ich ruf seinen Namen, wer auch mich aus dem Schlaf weckt,
mein Parfüm heißt Roma und meine Paßwörter: Roma.
Mein Begriff von Wirklichkeit ist der meiner Kindheit
geblieben.
Vor dreißig Jahren hat es mich nach einer Tat verlangt,
kaum daß über Nacht alles möglich geworden war.
Ich brach auf gen Süden, rechts das Meer, traumwandelnd
fuhr ich auf der Kante, ich wußte den Weg ja im Schlaf.

In Rom schnellten gestikulierende Arme durchs Fenster,

der Kuß! Im Chor: der Kuß – in italienischen Schuhen –
Evviva! Pioniere der Kommunistischen Partei Italiens!

Ein fünfstöckiges Haus, eine kleine sandfarbene Madonna,
an der Tür Klebezettel, die Nummer einer Pizzeria –
das Haus unserer Hochzeit verschwand, als hätte es nie
existiert.
Die zwei Mädchen hinter der Bar parterre,
sie machten fröhliche Geräusche mit den Espressotassen,
ich sagte die komplette Strophe als Braut im Schlaf.
Quando? wollten sie wissen.

Erst schwiegen sie eine Weile.
Aber oben lebt noch ein Mann aus jener Zeit –
Ich stieg tapfer nach oben, und etwas Seltsames geschah:
Diesen Mann gab es wirklich.

Er sah mich aus klugen ruhigen Augen an;
für die ganze Szene war er eigentlich zu jung,
das verwirrte mich ein wenig.
Er sei sein Freund, ja, er erinnere sich,
da sei eine Reise gewesen, als Kind.
Ich schaute in Richtung des Fensters, die Wohnung
lichtdurchflutet vom nahen Meer, der Mann ernst,
aufmerksam, was ihn noch anziehender machte.
Ich hatte irgendwie die Orientierung verloren.

Er schrieb die Adresse auf ein großes leeres Blatt Papier,
nachdem er es langsam von irgendwo her geholt hatte.
Wir spürten beide, die Situation war noch im Entstehen.
Ich sei ja weit gereist –
jetzt sei es nur noch drei Straßen abwärts in Richtung Strand.
Er bot es an, aber ich wollte nicht, daß er mir zuvorkam.

Ich betrat ein flimmerndes bebautes Gelände,
der Sand fühlte sich eigensinnig an unter den Fußsohlen,
grobkörnig, ein entschiedenes Gegenüber
vom Erdmittelpunkt her.
Ich sah aufs Meer hinaus, im Rücken ein himmelhoher
Häuserblock,
auf Sand gebaut, auf diesen anderen, widerständigen Sand.
Dieser Block, aus Marmor gehauen, spiegelnd in
fernen, hohen wehenden Fenstern,
gleißend im Licht, von durchsichtigem Sand überzuckert,
er warf einen Schatten an den milchigen Himmel,
ein Rechteck von der Größe einer Stadt in sanftem Grau,
ins glitternde Blau schnellend, wenn ich schwankte,
sobald ich mich umsah.

Viele Städte sah ich in meinen Träumen, Städte unter Wasser,
Städte im Wüstensand hingebreitet wie ruhende Seesterne,
Städte mit gläsernen, purpurnen Aufzügen ins All.
Eine übertraf die andere an rätselhafter Schönheit.

Von Zeit zu Zeit reise ich dorthin nach Hause.

Ich sah aufs Meer hinaus, den Block im Rücken,
ein Sandkorn zwischen meinen Fingern, das größer wurde.

Es war der Zeitpunkt, nach Hause zu fahren.

6

Sie wurde mir in die Wiege gelegt
ohne Begründung, nun muß ich sie rechtfertigen.

Die Welt macht gerade nicht den Eindruck, das könnte
gelingen.
Immerhin, wir haben uns verläßliche Sommer gewünscht,
und nun sind sie da.

Vielleicht sollte ich mich schämen wegen der Vorfreude.

Du solltest dich schämen!

Es schämen sich immer die Wehrlosen.

Ich bin nicht wehrlos.

Ich habe nichts vorzuweisen, keine Waffe, kein Schild.
Ein paar Argumente – ja –, die überhört würden,
weggewischt wie Krümel vom Tisch.

Liebe – ja! Doch Liebe leistet keinen Widerstand,

sie würde mich einfach sterben lassen,
sie kennt schließlich keinen Tod.

Die Vorfreude würde mich niemals sterben lassen!

Oder ist jemals ein Mensch im Zustand höchster Erwartung
gestorben?

Wenn nein, so werde ich ewig leben.

Wenn ja, so werde ich schamlos sterben.

7

Ich stelle mir immer etwas darunter vor, unter dem,
was ist, etwas ohne Namen, ein Element …

Einen elastischen Raum von der Größe einer Nuß, unendlich
dehnbar,
wo das Leben aufgehoben ist, das sich als das eigene ausgibt.

Sämtliche Aggregatzustände der Dinge, Bewegungsformen
des Geistes,
der unverwandte Blick der Liebe, kurz bevor sie einen trifft.

Dieser Blick muß ein Reflex sein aus den Hallen der Seele,
in denen soeben etwas entschieden wurde. Hat er eigentlich
mir gegolten?

Ich erinnere mich an kleine Entdeckungen, die hinwiesen
darauf, daß alles miteinander spricht, das A und O,
die verschränkten Teilchen …

Der Schrei eines Eichelhähers morgens in der Stadt,
reagiert er nicht längst auf Strawinsky anstatt umgekehrt?

Der Ahorn faltet seine sehnsüchtigen Finger auf,
ich bin hinter dem Fenster und reagiere nicht.

Wenn alles spricht, dann haben wir noch nicht verstanden.
Doch es wird Umstände geben, da wir verstehen, von jetzt
auf gleich.

Es werden jene Umstände sein, die wir gefürchtet haben,
und nun sind sie zum Glück eingetreten. Es war uns nicht
anders zu helfen.

Von jetzt auf gleich wird dieses Leben nicht mehr zu leben
sein, endlich.
Dann beginnt das Zeitalter der poetischen Existenz, genannt
das goldene:

Wenn alles spricht und wir verstehen.

Jemand zieht einen Schwarm von Rabenvögeln durch den
Himmel.
Aus welchem Jahrhundert kommen sie? Aus einem
zukünftigen?

Für einen Moment halte ich es für möglich, daß sie wissen,
wer ich bin,
und fühle mich plötzlich erlöst.

Sieben

Es ist Sommer, mein Mäzen spielt Tennis.

Ich halte Mittagstisch am Platz neben dem Klavier: la table de la poétesse. Die Oliven: schwarz, scharf und fest, die Zukunft existiert jetzt als Manifestes. Mein Mäzen, er hat einen strahlenden Aufschlag. Sein Flugball ist ein Gedicht. Erst in der Abenddämmerung spielt er mit seinem einzig Angemessenen, die Sonne sinkt, die Bälle klingen weicher, auch scheinen sie die Berührung mit dem Boden verlängern zu wollen. Nirgendwo Stimmen, nur das weiche Metronom des Spiels, das alles, was an diesem Tag zu sagen war, aufnimmt und zurückverwandelt in das, woraus es gekommen ist. Die Kraft dieses Pendels fabriziert einen unbeschwerten Schwung, den es in den vergehenden Tag sendet, sie kündet von einer starken heiteren Unabhängigkeit, die nicht verlorengehen kann.

Ich sehe das Spiel der beiden mit geschlossenen Augen, sie bewegen sich gelöst, scheinbar nachlässig, sie genießen sichtlich diese federnde Nachlässigkeit, sie lächeln, taumeln, verfehlen sich nie, sie werden gleich im Spielen schlafen, immerzu an der Grenze zum nächsten Raum, einer hellwachen Dimension.

Es gibt unendlich viele Arten, die Wirklichkeit zu beschreiben. Die Wirklichkeit ersteht und zerfällt in jedem Moment. Irgendwo schlägt das Pendel des Spiels.

Meine Mutter ist tot. Sie erfüllte einen Raum, den sie eingeatmet und wieder ausgeatmet hat. Ihre Gegenwart ist eine fröhliche Tatsache: Ihr Lachen läßt schon am Morgen Gläser springen.

Mein Vater segelt auf offenem Meer, es bedeckt hundert Prozent der Erdoberfläche, es gibt keine Küste, auf die er im schlimmsten Fall im Luftraum unter seinem gekenterten Boot zuschwimmen könnte. Nach einem belustigten Auftauchen wird er unter Wasser weiteratmen. Er ist eine weiße Schaumkrone am Horizont, die aufblitzt, verschwindet und wieder hochschäumt.

Mein Patron tafelt in einem fort, den nächsten und den nächsten Gang, in kleinen Portionen, lauter Kostproben, ich habe nicht den Eindruck eines Fragments.

Wenn das Leben keine Linie ist, eher ein lichtfleckartig erhellter Raum im dunklen All, wo leben wir? In einem Traum inmitten einer grenzenlosen Wirklichkeit? Oder in einer Wirklichkeit innerhalb eines unendlichen Traums? Ich seufze auf und rufe nach Monsieur le Patron. Und schon eilt er an meinen Tisch – Monsieur! Noch einmal das Dessert! Jetzt auf der Stelle: den Kuß!

Der Mond ist aufgegangen. Er sieht uns nachts, er steht über dem Bahnhofsgelände. Das Schlagen der Kesselwaggons ist verhallt, und die Parallelen der zwei Schienen eines Gleispaares treffen sich im Unendlichen, wo mein Sternwärter mit meinem Mäzen im Mondlicht Tennis spielt, die nächste und die nächste Runde, auf dem stillen Campus nahe dem längsten Breitengrad, sie hören nicht auf. Die Zukunft lacht, daß es leise hallt.

Ich wirke glücklich. Das ist keine Tarnung. Jemand muß uns heimlich bewohnen, jemand immerzu Glückliches.